뭘 하고 싶은지
뭘 할 수 있는지
모르겠지만

일단 나에게 좋은 사람이 되고 싶어

김시옷

채륜서

만든 곳에 대해서 더 알고 싶으신 분은
인스타그램 @chaeryunbook으로 방문해 주세요.
책만듦이의 비하인드 스토리,
출판사에서 일어나는 일상 기록이 담겨있어요.

뭘 하고 싶은지 뭘 할 수 있는지 모르겠지만

1판 1쇄 펴낸날 2020년 12월 10일

쓰고 그린이 김시옷

책만듦이 김승민 책꾸밈이 이민현

펴낸곳 채륜서 펴낸이 서채윤
신고 2011년 9월 5일(제2011-43호)
주소 서울시 광진구 자양로 214, 2층(구의동)
대표전화 1811.1488 팩스 02.6442.9442
E-mail book@chaeryun.com Homepage www.chaeryun.com

책값은 뒤표지에 있습니다.
ISBN 979-11-85401-51-5 03810

이 도서의 국립중앙도서관 출판예정도서목록(CIP)은 서지정보유통지원시스템 홈페이지(http://seoji.
nl.go.kr)와 국가자료종합목록 구축시스템(http://kolis-net.nl.go.kr)에서 이용하실 수 있습니다.
(CIP제어번호 : CIP2020046621)

채륜(인문사회), 채륜서(문학), 띠움(예술)은 함께 자라는 나무입니다.
물과 햇빛이 되어주시면 편하게 쉴 수 있는 그늘을 만들어 드리겠습니다.

인생 뭘까

차례

2부

불안하지만
행복한 일상

3부

안될 것 같지만~
그래도 해볼래

1부

열심히 달려왔더니
백수가 되었다

쉬지 않고 달려왔다.

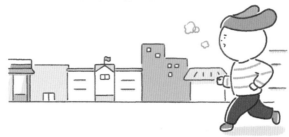

때때로 걷기도 했지만

멈춘 적은 없었다.

... 그런데 어쩐지

짠!

백수가 되었다.

처음부터 이런 건 아니었다.

멍 · · ·   · · · ·

원래는 꿈 많고, 의욕 넘치던 나였더랬다.

야망

야망

하지만 데굴데굴 구르고,

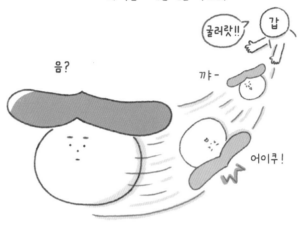

이리저리 치이다 보니

이 모양이 되어버린 것이다.

한창 일이 바쁠 때, 나는 주로

나를 돌보지 않고, 무작정 몰아붙였다.

버틴다 버틴다 버틴다 버틴다 버틴다 버틴다
버틴다 버틴다   다 버틴다
버틴다 버틴다   버틴다 버틴다
버틴다 버틴다   버틴다 버틴다
버틴다 버틴다 버   버틴다 버틴다

그렇게 해서 나에게 남은 건... 무엇?

아이고
허리야...

... 요통?

이제부터는 아무리 바빠도

두 가지는 양보하지 않기로 했다.

그만　　　　　　　　그만

일기 쓰기

운동하기

하루에 한 번 일기를 쓰고

사각

사각

일주일에 세 번 운동을 해야지.

우 워 어

어 어 어

고무밴드

마음과 몸을 단련해서

나를 지키는 거다.

백수 1개월 차

저기 있다

가슴에 동그란 멍울이 생겨서 동네 유방외과에 갔다.

저희 병원 오픈 이벤트로
유방 초음파를 하시면

갑상선 초음파도
서비스로 해드려요~

오옷!

개이득!

며칠 뒤

그래도 죽고 사는
문제는 아니니까

너무 걱정하지 마세요.

아...

개... 개이득!?

어버이날 선물

병실에서 가장 전망 좋은 창가 자리에 입원했다.

그날은 어버이날이었다.

요양차 본가에 내려왔다.

부모님의 보살핌을 받으며 놀고먹길 며칠째.

여유도 있고, 재미도 있지만

단 하나가 없다.

... 부모님께 면목이 없다.

수술 후유증으로 목소리가 잘 나오지 않는다.

아... 감기에 걸려서요~

하하하

그렇게 나는 몇 달째 감기를 달고 있다.

콜록

콜록

제자리로 돌아오니

제자리로 돌아왔다.

무엇을 하고 사나

고작 이런 내가...

나의 마음과 처음으로 한잔하기로 했다.

오... 좋아 좋아!

그런데...
우리가 할 수 있을까?

모르지~
그래도 일단 해보는 수밖에?

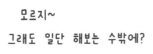

어느 날의 일기 1

나에게 인생을 초기화할 수 있는 리셋 버튼이 있었다면 나는 몇 번이고 그 버튼을 냉큼 눌렀을 것이다. 부모님의 불화에 울며 지새웠던 고등학생 시절의 그 밤이라든가, 생활비를 벌기 위해 아르바이트를 하고 돌아오던 대학생 시절의 그 길 한가운데에서라든가, 연일 밤새워 일을 해도 벗어날 수 없었던 그 고시원 단칸방에서라든가, 할 수만 있었다면 나는 몇 번이고 인생을 처음으로 되돌렸을 것이다.

하지만 아쉽게도 나에게는 리셋 버튼이 없었다. 고단한 오늘을 벗어날 뾰족한 방법이 없었다. 그저 눈앞의 현실을 온전히 받아들이며 사는 수밖에는. 나는 되뇌었다. '나뿐만이 아니야. 많은 사람들이 저마다 제 몫의 짐을 짊어지고 살고 있어, 이 정도는 평범한 거야. 그러니 괜히 불평하지 말고, 절망하지도 말고, 그냥 살자.' 힘겨워서 애꿎은 탓할 거리를 찾게 될 때면 이렇게 스스로를 다독이며 견뎠다. 버티다 보면, 참고 걸어가다 보면, 무슨 수가 생길 거라고 믿으면서.

그렇지만 하루가 지나고, 이틀이 지나도, 또 삼 년이 지나고, 사 년이 지나도 무슨 수는 생기지 않았다. 그동안 쉬지 않고 일을 했지만 나는 학자금 대출을 다 갚지 못한 빚쟁이에다, 고시원만큼 좁은 원룸에서 살고 있는 신세였다. 별로 달라진 게 없었다. 별 수가 없다는 것까지도 말이다. 나에게는 여전히 뿅 하고 다시 시작할 수 있는 리셋 버튼 같은 건 없었다. 아마도 오늘과 비슷할 내일을 또 묵묵히 살아가야만 했다.

그러다 서른이 되기 전, 이십 대의 마지막 길목에서 작은 수를 하나 찾아냈다. 여태껏 겪어보지 못한 거대한 시련들이 몰아쳐, 숨이 꼴딱 넘어가기 직전에 생각한 묘안이었다. '뒤로도, 앞으로도 도망갈 수는 없지만 적어도 숨을 고르기 위해 잠깐 쉬었다 갈 수는 있어.' 말하자면 일시정지 버튼은 누를 수 있다고 말이다. 그렇게 나는 가까스로 찾아낸 일시정지 버튼을 꾸욱 눌렀다.

말 그대로 일시니까 오래 멈출 생각은 없었다. 단지 또다시 내일을 살아갈 궁리를 하고, 버텨낼 힘을 모으려고 했을 뿐이었다. 머지않아 재생 버튼을 눌러서 걸어온 대로 여정을 떠날 작정이었다. 그런데 그 와중에 우연히 병을 발견했다. 치명적이진 않지만, 충분히 결정적인 병을 말이다. 검사를 하고, 확진을 받고, 수술을 했다. 그리고 회복하기까지 긴 시간이 걸렸다. 나는 일시정지에서 정지로 넘겨져 쭉 멈춰 있었는데 시간은 착실히 제 갈 길을 가버렸다.

계절은 바뀌었지만 나는 변함이 없는 제자리로 돌아왔다. 아니, 조금 더 볼품 없어진 나의 자리로 돌아왔다. 더 이상 지체할 틈이 없었다. 저- 만큼 뒤처졌으니 서둘러 재생 버튼을 눌러야 했다.

그런데 그 버튼을 누르려는 순간, 무언가 달라졌다는 걸 알게 되었다. 그동안에는 없었던 작은 점 하나가 마음에 덩그러니 있는 것이다. '반복하고 싶지 않아. 그 길로 돌아가고 싶지 않아.' 마치 인생을 초기화하고 싶었던 그동안의 염원이 쌓이고 쌓여 리셋 버튼이 생긴 것처럼, 새로이 시작하고 싶다고 나는 생각했다.

그러나 동시에 깨달았다. '리셋 버튼처럼 보이는 저 작은 점은 사실 리셋 버튼이 아니야.' 되돌릴 수 있는 건 아무것도 없었다. 나는 서른이고, 빚을 지고 작은방에서 살아가고 있다. 특별한 재능도, 가진 것도 없는 보잘것없는 사람.

다만, 이것만은 직감할 수 있었다. 저 작은 점이 정말로 리셋 버튼이라고 할지라도, 나는 결국 그 버튼을 누르지 않을 것이다. 저장하지 않고, 지워버리고 싶었던 수많은 순간들을 쉽게 지워버린다면 지금의 내가 될 수 없을 테니까. 잘 묻어두고, 그 위를 딛고, 살아가는 거다.

이런 내가 앞으로 걸어갈 길은 분명 전과 다를 것이다. 울퉁

불퉁한 돌길일 수도, 그보다 더한 진흙탕 길일 수도 있다. 또 그 여정에 어떤 풍경이 펼쳐질지도 알 수가 없다. 그러나 숨이 차올라 벅찰 땐 언제든 일시정지 버튼을 누르면 된다. 그러니 걱정할 것 없다.

너무 걱정하지 마

시옷.
너무 걱정하지 마.

있잖아...

우리는 마흔 살에도
그 걱정을 하고 있을 거야.

아...

부자가 되는 건 몰라도~
먹고사는 건...
어떻게 해서든 먹고살아.

그러니까
너무 걱정하지 마.

알겠지?

... 응!

태초부터 장래희망 1위는

요즘 가장 인기 있는 장래희망은
'크리에이터'라고 한다.

하지만 그건 모르고 하는 말씀

태초부터 장래희망 1위는
돈 많은 백수라고!

나는 벌써 반이나 이뤘다.

어제는 하루 종일 '나'에 대해서 생각했다.

끝도 없이 퐁퐁 나온다.

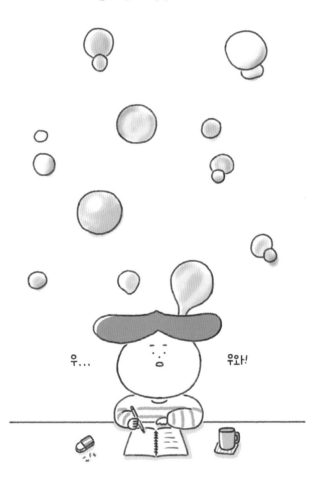

우...   우와!

나의 일상을 그려, SNS에 올리기로 했다.

그림과 상관없는 삶을 살아온 내가 난데없이 그림이라니

한편엔 의구심이 있지만

지금에 와선 딱히 의미가 없다.

내가 용을 쓰고, 기를 쓴들 그림을 잘 그리겠냐마는

할 수 있는 만큼 그리면 될 일이다.

우와...

높다...

할 수 있는 만큼 계속 그리면 된다.

나 고소공포증
있지!

휴~ 다행

알람 없이, 눈이 떠지면 일어난다.

소박하지만 건강한 찬으로 식사를 한다.

냠냠

오후엔 글을 쓰고, 그림을 그린다.

또 한가로이 공상을 한다.

저녁을 먹고, 밤 산책을 한다.

영화를 보거나 책을 읽다가

졸리면 잠에 든다.

커피를 마시는 것

기억이 나지 않는 언젠가부터
하루에 커피 한 잔을 꼭 마시게 되었다.

커피를 마시는 것은
단순히 '커피를 마신다'에서 그치지 않는다.

일을 할 때는

조금만 더 버티자.

꿋꿋이 살아가고 있는
나 자신 대견해

백수인 지금은

천천히 가도 괜찮아.

커피 한잔할 여유가 있으니
충분히 행복해.

쪼로록-

음~
커피 향 좋다.

돈 없는 백수지만

밤하늘을 보다가 문득 생각했다.

돈 없는 백수지만
너무 팍팍하게 살고 싶지는 않아.

가끔은 외식도 하고

가끔은 여행도 가고 싶어.

유명한 베이커리 카페에 빵을 먹으려고 갔다가

열심히 공부하고 있는 사람들을 보고는

숙연해졌다.

나만 생각 없이 살고 있나...?

엄마와 도란도란

엄마와 하루에 한 번 통화를 한다.

갑자기 이유 모를 작은 통증이라도 느껴질 때면

덜컥 겁이 난다.

또 무슨 병이
생긴 건 아니겠지...?

예전 같으면 그냥
자고 털어낼 일이건만...

그리고 이런 생각을 하게 되었다.

죽음은 늘 가까이에 있다.

나에게 내일이 없을지도 모른다.

또 이렇게 생각한다.

그러니까 행복하게 살자.

딸칵

이 생에 아쉬움이 없도록 행복하게 살자.

나에게는 좋아하는 것을 지나치게 아끼는 버릇이 있는데, 그 근원을 쫓아가보면 맛있는 반찬이 있다. 어렸을 때, 엄마는 항상 맛있는 반찬 한 가지를 꼭 밥상에 차려주었다. 그때는 오빠도 나도 한창 먹성이 좋을 때라 늘 양이 모자랐는데, 더 비극인 것은 나는 느릿느릿, 꼭-꼭- 씹어먹는 반면 오빠는 먹는 속도가 엄청나게 빨라서 내 몫은 항상 더 부족했다는 것이다. 그게 그렇게도 억울했던 나는, 나름의 생존법으로 맛있는 반찬을 미리 내 밥그릇에 옮겨 놓기 시작했다. 그리고는 어렵사리 사수한 그 반찬이 너무도 소중해서 두고두고 아껴 먹었다. 가장 맛있는 마지막 한 숟가락이 내 입에서 살살 녹는 최고의 순간을 상상하면서 말이다.

이렇게 출발한 나의 아끼는 버릇은 훗날 이상한 곳에서도 발견이 되었다. 내가 가장 좋아하는 말 중 하나인 '사랑한다'는 말을 아끼기 시작한 것이다. 그 말이 너무 소중한 나머지 자주 얘기하면 닳고 닳아서 가치가 떨어지고, 감동도 무뎌질 거라고 지레 겁을 냈다. 그래서 사랑하는 사람들에게 되도록 사랑한다는 말을 하지 않으려고 노력했다. 가족은 물론 친구에게도, 또 연

인에게까지도 그 말을 아꼈다. 기다리고 기다리다 그 말이 가장 맛있을 순간이 오면, 그때 말하자라고 생각하면서 말이다.

또 나는 '행복'이라는 것도 심각하게 좋아했다. 그래서 이번에도 어김없이 행복을 아끼기 시작했다. 그런데 이 행복이라는 것이 참 두루뭉술하고, 광범위한 것이어서, 나는 애석하게도 다양한 행복을 아꼈다. 예를 들면 잠을 자는 것, 여행을 가는 것, 또 글을 쓰는 것에 큰 행복을 느꼈는데, 이 모든 것을 부지런히 아낀 것이다. '열심히 일하며 버티다가 언젠가 이 행복을 느낄 여유가 생기는 그때 행복하자.'라고.

그런데 이런 나의 노력에도 불구하고 좋아하는 것을 끝까지 지키지 못하는 날이 더러 있었다. 반찬의 경우, 고대하던 마지막 한 술을 떠 입에 넣는 순간 손을 벌벌 떨어서 반찬을 바닥에 떨어뜨린다거나, 오빠가 그 반찬을 홀라당 뺏어 먹곤 한 것이다. 그럴 때면 나는 기가 막히고 코가 막혀서 바닥을 치며 엉엉 울었다. 엄마와 오빠는 그런 나를 보며 입을 모아 이렇게 말했다. "그러게 아끼면 똥 된다니까. 바보."

사랑한다는 말도 그렇다. 사랑한다는 표현을 하지 않고 요리조리 그 말을 피하다가, 결국 제대로 고백도 하지 못한 때가 있었다. 행복은 더 말할 것도 없다. 온갖 행복의 순간을 미루고 미루다 병을 만들었으니, 역시 나는 엄마와 오빠의 말처럼 좋아하는 것을 아끼다가 똥을 만들어버리는 바보일지도 모른다.

그러나 다행인 것은 숱한 똥을 만든 덕분에, 이제는 좋아하는 것을 지나치게 아낄 필요가 없다는 걸 알게 되었다는 것이다. 맛있는 반찬은 언제 먹어도 맛있다는 것, 사랑한다는 말은 할 때마다 반짝반짝 빛난다는 것, 또 잠은 늘 달콤하고, 여행은 늘 새롭고, 글을 쓰는 것은 늘 위안이 된다는 것을 말이다. 나아가 행복한 내일 같은 건 없을지 모른다는 것도 뼈저리게 알게 되었다.

그러니, 아끼다 똥이 되기 전에 나는 오늘 최대한 행복하자고 마음먹었다. 행복은 미래의 어느 순간에 있는 것이 아니라, 지금, 이 자리에 있으니 아쉬움 없이 행복하자고.

동네에서 자주 마주치는 냥이에게

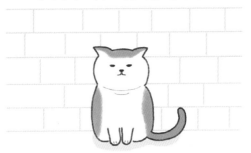

남몰래 터줏냥이라고 이름을 붙여주었다.

진지

근엄

우리 동네 터줏냥

냐 -

엣헴

2부

불안하지만
행복한 일상

남들이 보기에 위태로울지 몰라도

요즘 나는 평화롭고 행복하다.

그거면 됐다.

머리를 자르러 미용실에 다녀왔다.

결과는 처참.

아주 오래오래, 정성스럽게 잘라주었는데

사각

사각

그래서인지 더 치밀하게 망해버렸다.

삐-

우울하다.

삐-!!

그런데... 어쩌면
머리 때문만은
아닐지도...?

거울에 비친 내 얼굴을 마주했을 때부터 울고 싶었는 걸.

빼액!!

이제는 똑단발이
어울리지 않는
나이가 되었구나.

나보다 먼저 백수의 길을 걷고 있는
친구와 만난 날이었다.

시옷아.

내가 어젯밤에
삼겹살집 앞을
지나가는데 말이야

사람들이 그 늦은 시간에도
삼삼오오 모여서
웃고 떠들고 있더라?

그 모습을 보니까
어찌나 심란하던지...

어떻게 고기를 앞에 두고
얘기를 할 수가 있어???

아...
그... 그렇지.

그 사람들이 예의가 없었네...
나쁜 사람들이네.

와앙~!

아무리 쥐어짜도

기운이 나지 않을 때는

어쩔 수 없군.

20대 시옷
수영을 하고 싶지만 마음먹기가 쉽지 않다.

어느새 30대가 된 시옷

큰마음 먹고 강습 등록을 했다.

대망의 첫 강습일!

아무도 나를 신경 쓰지 않았다고 한다.

머   쓱

1. 진짜 ~~ 가기 싫은데.

막상 가면 진~~짜 좋다.

2. 나 때문에 뒤가 막히면

도망가고 싶다.

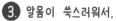

3. 알몸이 쑥스러워서,

구석에서 바디로션을 바른다.

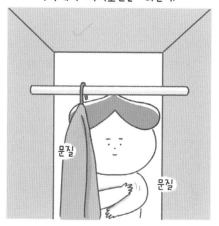

④ 평영을 할 때, '나는 개구리다.'라고 생각한다.

개굴

개굴

⑤ 접영하는 사람들이 너무 멋지다.

촤앗—!

(배영하는) 내 옆에서 할 때 빼고.

캑

캑

6. 수영을 하고 나서 먹는 아이스크림이

세상에서 제일 맛있다.

히히

연휴 동안 고향에 내려가 엄마 밥도 먹고,
친구들도 만나서 즐거웠는데

나 내년에 결혼한다.

돌아오니 왠지 헛헛하다.

다들 직장에서 자리를 잡고, 차곡차곡 돈도 모으고 있는데

나는...

이렇게 모두 훌훌 떠나가고, 나만 남게 되는 걸까.

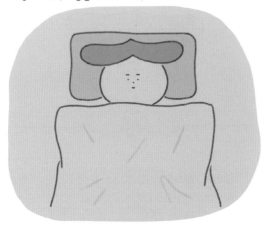

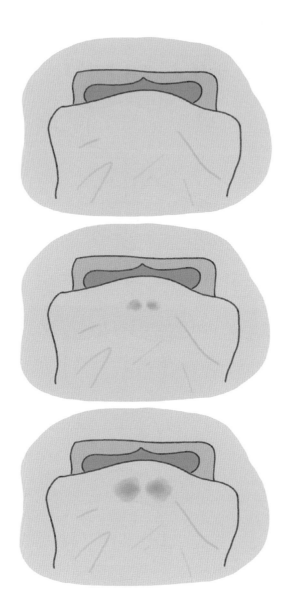

무심코 노래를 듣다가

이어폰을 꽂고, 무심코 걸어가는데

고3 때 즐겨 듣던 노래가 흘러나왔다.

앗!
이 노래는...!

반가움도 잠시, 곧 여러 감정이 넘실거린다.

지나간 것들과 앞으로 다가올 것들과 또... 또...

후 -

바람이 차다~

어느 날의 일기 3

고3 중국어 시간이었다. 선생님이 수업을 예정보다 일찍 마치고는, 갑자기 A4용지를 한 장씩 나누어 주었다. '혹시 쪽지시험 인가…!' 영문도 모른 채 종이를 받아 들고, 어리둥절해 하고 있는데, 선생님이 웃으며 이렇게 말했다. "앞으로 10년 뒤, 20년 뒤, 죽을 때까지 너희가 바라는 인생 계획을 자유롭게 써 봐." 고3, 중국어 시간에, 뜬금없이, 인생 계획이라니. 우리에겐 당장의 수능을 잘 치르는 것 외엔 내다볼 게 없건만, 선생님은 먼 미래의 그림을 그려보라고 했다. 그리고 이렇게 덧붙였다. "지금 은 별것 아닌 것 같아도 나중에 꺼내보면 참 재밌을 거야."

펜을 들고 잠시 생각에 빠졌다. 성인이 된 나의 미래라… 까마득하긴 했지만 그렇다고 딱히 그리기 어려울 것도 없었다. 그 당시 나의 판단에 나름 현실적이라고 생각한 인생 청사진을 펼쳐보았다. 신기하게도 그 계획이 이루어질 것에 조금의 의심도 없이 말이다.

– 나의 인생 계획 –

20살, 수능을 무사히 치러낸 나는, 원하는 대학교에 떡하니

합격을 할 것이다. 그곳은 서울이니 드디어 상경을 하는 것이다. 처음엔 낯설겠지만 금방 적응해서 꿈에 그리던 캠퍼스 생활을 할 것이다. 대학 친구들도 사귀고, 남자친구도 만나서… 만나서…!!

24살, 졸업과 동시에 탄탄한 회사에 취직을 할 것이다. 나도 대기업에 다니는 직장인이 되는 것이다. 그런 나를 부모님도 자랑스러워하겠지? 생활비에 쪼들렸던 짠내 나는 삶과는 쿨하게 작별이다. 사고 싶은 것도 끙끙 앓지 않고 살 것이고, 해외여행도 자주 다녀서 여권을 세계 각지의 도장으로 가득 채울 것이다. 또 그렇게 즐기는 와중에도 착실히 적금을 들어서 미래를 위한 목돈도 모아둘 것이다.

28살, 화려했던 연애 생활을 청산하고, 마침내 평생을 함께할 사람을 만나 결혼을 할 것이다. 반짝반짝 빛나는 드레스를 입고, 가족과 친구들의 축복을 받으며 성대하게 식을 올려야지. 신혼여행은 내가 한 번도 가보지 못한 먼~ 곳으로 갈 것이다. 집은 내 취향대로 인테리어를 하고, 그 안락한 공간에서 남편과 나는 깨를 볶으며 신혼을 즐길 것이다.

29살, 가능하다면 자연분만으로 아이를 낳을 것이다. 엄마가 되는 것이다, 내가. 나에게 모성애라는 게 생길지 궁금하다. 우리 아이는 누구보다 행복하게 잘 키워야지. 화목한 가정에서 사랑만 듬뿍 받고 자라게 해 줄 것이다. 공부는 못 해도 되니, 건강하게만 자랐으면 좋겠다.

31살, 우리 아이가 혼자면 외로우니까 둘째를 낳을 것이다. 두 아이가 우애 좋은 형제 (또는 자매, 또는 남매)가 될 수 있도록 골고루 사랑을 나눠주며 잘 보살펴야지. 또 구김살 없이 밝게 자랄 수 있도록 최선을 다할 것이다. 아이들이 크면 다 같이 방방곡곡 여행을 다녀서 좋은 추억도 많이 만들 것이다.

33살, 회사에 복직을 해서 아주 열심히 일 할 것이다. 이 무렵에는 회사에서 인정받는 전도 유망한 커리어 우먼이 되어있지 않을까? TV 드라마에서 보던 카리스마 있는 여성 말이다. 주관도 뚜렷하고, 자신감이 넘치는 그런 사람.

이후의 인생은 굵직굵직하게 이럴 것이다. 40대에는 일도, 가정도 모든 일이 잘 풀려서 순탄 대로를 달릴 것이다. 이맘때엔 아마도 큰 집으로 이사를 가게 되겠지. 50대에는 일하는 분야에서 대체 불가능한 전문가가 되어 있을 것이다. 60대에는 자식들이 또 다른 가정을 이루는 것을 든든하게 지지해 줄 것이다. 그 뒤로는 걱정 없이 손주들의 재롱을 흐뭇하게 바라보며 여유로운 노후를 보낼 것이다. 그리고 먼 훗날, 쿨쿨 자다가 편안히 생을 마감할 것이다.

… 고3의 나는 이렇게 희망찬 인생을 계획했더랬다.

중간 점검을 하자면, 서른이 되어버린 나는 출산은커녕 결혼도 하지 않았다. 결혼에 대한 환상은 이미 깨진 지 오래다. 내가 웨딩드레스를 입고 싶어 했던 때가 있구나… 새삼스럽기까지 하니 말 다 했다. 그뿐인가. 대기업은 언감생심 꿈도 꿔보지 않은 백수다. 아쉽게도 짠내 나는 삶과는 작별하지 못했고, 이대로면 영영 못할지도 모른다. 그때의 나는 믿어 의심치 않고 창창한 미래를 계획했지만, 오늘의 나는 그 계획과 달라도 너무 다른 사람이 되어 있다. 선생님은 이런 의미로 재밌을 거라고 하신 걸까. 그렇다면 이것 참. 눈물 나게 재미있네.

"내가 그렸던 계획은 그 누구라도 이루기 어려운, 애초에 불가능한 계획이었어"라고 변명하고 싶지만 내 친구들을 보면 또 그렇지가 않다. 어느덧 결혼한 친구가 반 정도 되었고, 대부분의 친구들이 꿋꿋이 회사를 다니며 안정적인 생활을 하고 있다. 꾸준히 경력을 쌓아 능력을 인정받는 구성원, 즉 전도 유망한 커리어 우먼이 되어 있는 것이다. 그러니 계획을 이루지 못한 것이 내 탓임은 빼도 박도 못하게 되었다.

이 기회를 빌어 고3의 나에게 심심한 사과를 하고 싶다.

고3의 나야. 너는 자라서 서른 살의 백수가 될 거야. 최악이지? 정말 미안하다. 나도 이럴 줄은 몰랐는데 어쩌다 보니 백수가 되었지 뭐야. 있잖아… 그러니까 너 앞으로 그렇게 아등바등

애쓰고 살지 마. 결국엔 백수가 될 거니까 좀 쉬엄쉬엄 하란 말이야. 알겠지?

또 이 김에 미래의 나에게도 한 마디 해야겠다.

미래의 나야. 네가 어떤 모습일지 도무지 모르겠지만 난 크게 기대하지 않아. 서운한 거 아니지? 그러니까 내가 하고 싶은 말은 나는 지금의 내가 썩 마음에 들고, 이대로도 나쁘지 않다고 생각하니까 괜히 부담 갖지 말고 하고 싶은 거 하면서 살라는 거야. 난 정말 다 괜찮으니까.

모처럼 친구와 만난 날.

말문이 막혔다.

대충 얼버무리고, 친구와 한참을 떠들었다.

나 요즘 뭐하고 지내지?

계획을 실천한다는 것

백수가 되면서 세운 무수히 많은 계획들.

이것저것 해보려고 노력하지만

꾸준히 한다는 게 무척이나 어렵다.

내 잉여력은 예상보다 높고,

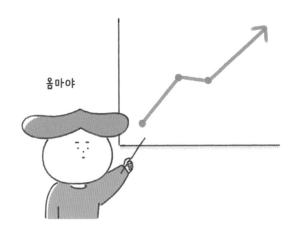

부지런함은 생각보다 보잘 것 없다.

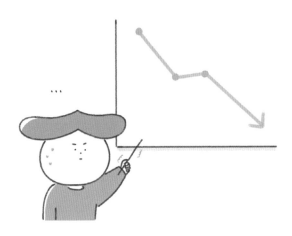

그렇지만 자책은 아무런 도움이 되지 않는다.

남들보다 느려도

주섬

주섬

내 속도대로 포기 않고 가면 그뿐이다.

노동요를 틀고

신중하게 노동요를 고르고

집중력을 높여주는...

볼륨을 한껏 높인 뒤

시작해볼까.

최선을 다해 딴짓을 한다.

저번 주는 몸도 마음도 성치가 않아서

내려놓고 쉬기로 했다.

며칠간은 집에서 보신하고.

컨디션이 나아지자 밖으로 나갔다.

뮤지컬도 보고,

맛집도 가고,

재밌었어...!

만화방도 가고,

그렇게 놀고먹다 보니 느낀 것은,

역시 돈이 좋구나...

취업 역량이라는 것을 길러보기 위하여

'취업성공패키지'를 신청했다.

경력사항 없으세요?

취업을 원하는 일과 관련이
없더라도 써주셔야 합니다.

자격증은 없으세요?

운전면허증이라도 없으신가요?

이력을 상세히
적어주셔야

저희가 참고해서
상담해드릴 수 있어요.

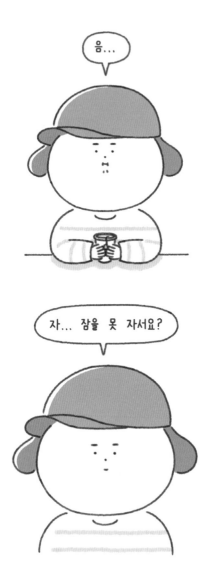

학원 수업 시간

모든 건 다 생리 탓이다.

어느 날의 일기 4

백수의 세계에 발을 들이는 것은 무척 간단하다. 그래서 수많은 사람들이 백수를 꿈꾸고, 또 무작정 백수가 되어보기도 한다. 하지만 초보 백수들이 간과하는 것이 있다. 백수 1년 차, 수많은 시행착오를 겪으며 진정한 백수가 되려면 몇 가지 자질이 필요하다는 것을 알게 되었다.

첫 번째는 지구력이다. 보통 백수가 되면 이런 생각들을 할 것이다. '백수가 되면 하루 종일 잠만 잘 거야.' '그동안 못 봤던 드라마를 몰아서 봐야지.' '이참에 새로운 것도 배워보고!'

이 모든 것들이 처음 몇 주 간은 쉽다. 또 재미도 있다. 하지만 기간이 길어지면 이내 흥미를 잃고, 결국은 좀이 쑤셔서 낙오하는 사람들이 발생한다. 이 사람들은 첫 번째 자질인 지구력이 없는 것이다. 장기 백수가 되려면 이 일상을 무한 반복할 수 있는 지구력이 필요하다. 침대, 또는 의자에 엉덩이를 딱 붙이고 끈질기게 버티는 힘이 필요한 것이다.

두 번째는 상상력이다. 백수 생활을 지혜롭게 보내려면 상상하는 것을 절대 멈추어선 안 된다. 상상은 백수인 나를 나아가게 해주는 동력이 된다. 예컨대 이런 것이다. '미래의 나는 무슨 일

을 하고 있을까?'를 상상해 보는 것이다. 그 속에서 나는 무엇이
든 될 수 있다. 그렇게 제한 없이 상상의 나래를 펼치면 그것만
으로도 용기가 생기고, 활력이 돈다. 또 내가 하고 싶은 일이 무
엇인지, 나아가 내가 원하는 삶이 어떤 것인지 힌트를 얻을 수도
있다. 그리고 고달플 때는 이런 상상을 하는 거다. '로또에 당첨
되어 10억이 생긴다면 그 돈으로 뭘 할까?' 중요한 것은 상상은
무료다.

　세 번째는 현실 감각이다. 당장에 수입이 없는 백수로서 버티
고 살아가려면, 그러니까 굶지 않고 먹고살려면 현실 감각은 필
수다. 먼저 언제까지 백수일 수 있을까에 대한 계산을 수시로 해
야 한다. 숨만 쉬어도 나가는 고정 지출을 파악하고, 현재 통장
잔고로 얼마나 생활할 수 있을지 판단해야 한다. 또 잔고가 다
동나기 전에 직장을 구할 수 있도록 전략도 짜야 한다. 상상과는
다르게 현실의 취업은 제약이 많다. 그래도 되도록이면 내가 상
상했던 방향에 가까이 갈 수 있도록 냉철하게 길을 닦는 것이다.

　마지막으로 가장 중요한 것은 강인한 정신력이다. 백수인 시
간이 길어지면 나의 마음을 뒤흔드는 불안이 스르륵 피어난다.
가족에게서 처음 시작되는 그것은 곧 가까운 친구로 번지고, 종
착점으로 나에게로 와 만개한다. 이 불안함이 한번 자리를 잡으
면 불확실한 현실과 미래에 압도되어 쉽게 무기력해지고, 휴식

도 죄책감 때문에 편히 누릴 수 없는 지경에 이른다. 그래서 일하지 않는 시간에 비례하여 점점 커지는 불안을 견뎌낼 강한 정신력이 없다면, 결코 건강한 백수가 될 수 없다.

알고 보니 백수로서 가져야 할 자질의 대부분을 갖추고 있던 나는 무난히 백수 생활을 즐길 수 있었다. 그러나 1년 차가 될 무렵, '아차' 나도 모르는 사이 정신력이 점점 닳고 있다는 것을 깨달았다. '나는 무엇을 하게 될까? 언젠가 내가 자리라는 것을 잡을 수 있을까?' 같은 불안함이 마음의 중심에 피어나고 있었던 것이다. 이렇게 일하지 않는 것이 잘못하고 있는 것이라고, 누가 탓하지도 않는데 내가 나서서 나에게 채찍질을 하고 있었다.

그러나 나에게는 부족한 정신력을 보완해 줄 비장의 무기가 있었으니, 그것은 바로 만성 건망증이 있다는 것. 불안함에 덜덜 떨다가도 자고 일어나면 '잘 잤다~'하고 기지개를 폈다. 그리고는 주먹을 불끈 쥐고, '나는 충분히 평화롭고 행복해. 잘못하고 있는 게 아니야.'하고 외치는 것이다.

으레 하던 일을 '오늘 할 일'에 적어두고,

손쉽게 V 체크를 한다.

☑ 빨래 개기

쪼르륵 -

☑ 화분에 물 주기

3부

안될 것 같지만~
그래도 해볼래

취업사이트를 볼 때

예전에는 하고 싶은 일을 찾았다면,
이제는 할 수 있는 일을 찾게 된다.

그래도~ 바라는 조건이 있다면

박봉이어도 정시 퇴근.

집이랑은 가까웠으면 좋겠다.

정도이려나?

하지만 마음 한구석이 불편하다.

정말 그거면 되는 걸까?

누구세요?

자기소개서라는 것을 쓰고 있다.

MSG를 조금 첨가하기로 한다.

근면 조금

톡톡

성실 조금

다양한 경험 조금...

누... 누구세요?

오랜만에 고향 친구를 만났다.

나는 빨리 결혼하고 싶은데 남자친구는 준비가 하나도 안 돼있더라고.

직업도 안정적이지 않고, 모아둔 돈도 얼마 없고, 발전 가능성도 없어 보이고...

결혼하고 나서 형편이 나아지진 않아도 최소한 지금 수준은 유지하고 싶은데 안될 것 같더라.

친구의 말을 99% 이해하면서도

그래그래...

힘내...

한편으론 이런 생각을 했다.

예상은 했지만

띠링-

역시나 면접에 떨어졌다.

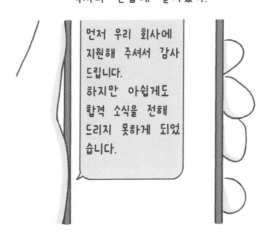

먼저 우리 회사에
지원해 주셔서 감사
드립니다.
하지만 아쉽게도
합격 소식을 전해
드리지 못하게 되었
습니다.

예상은 했지만

그래도 세상이 끝난 건 아니다.

하지만 이대로 지구가
멸망해도 괜찮을 듯.

새벽이 되면 나타나는 그 녀석

새벽이 되면 어김없이 그 녀석이 나타난다.

평온한 일상은 여전히 흘러가지만

마음이 조금씩 메말라가고 있다.

그것은 아마도

내가 사회인으로서 제구실을 못하고 있기 때문.

잔고는 떨어져가는데

수입은 없다.

부모님은 늙고 약해져만 가는데

해드릴 수 있는 게 없다.

아무것도

아무것도

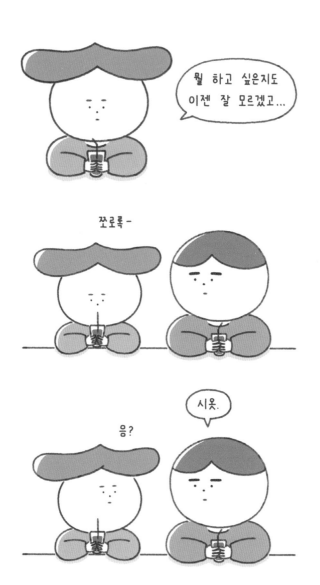

쪼로록 —

온탕에 갔다가

무엇이든 할 수 있어!!   꼭!! 꼭!!

냉탕에 갔다가

내 주제에 무슨…   꿈 깨라ㅎ

온탕에 갔다가

냉탕에 갔다가

수업이 들락날락했더니 너덜너덜...

이것이 바로
셀프고문이고나...

지금은 미지근한 중탕에 자리 잡았다.

으허-   살 것 같다.

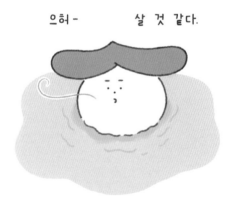

온탕도 싫고, 냉탕도 싫다.

온탕은 피곤하고,　　　　냉탕은 우울해.

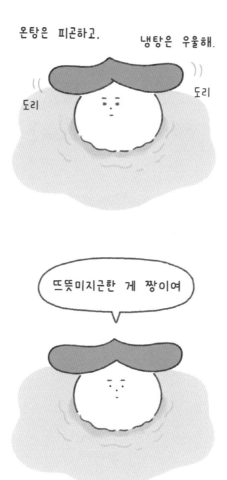

다시 그곳으로?

까톡

!

시옷.
혹시 다시 일할
생각 없어?

올 것이 오고야 말았다.

1시간 후

2시간 후

멀찍 -

3시간 후

오랜 고민 끝에 답장을 보냈다.

어느 날의 일기 5

　일을 그만두고 얼마 되지 않았을 땐 꽤나 자신만만했다. 다시는 그곳으로 돌아가지 않을 것이라고 말이다. 할 만큼 했고, 적성에도 맞지 않는 데다가, 버티고 올라갈 배짱도 없으니 더는 미련이 없었다. 또 내가 마음만 먹으면 언제든 새로운 것을 할 수 있다고 생각했다. 그래서 앞으로 내가 하고 싶은 일, 그러니까 글을 쓰고, 그림을 그리는 것에 도움이 될 만한 일을 찾아보자고 결심했다. 백수가 된 김에 학원을 등록해서 지금껏 해보지 않은 것들도 배워보고, 내가 관심을 가지리라고는 생각도 못 해봤던 회사에 이력서도 넣어보았다. 그런 나를 가만히 지켜보던 한 친구는 무심히 이렇게 말했다. "이미 그 직종에는 관련된 전공을 한, 어리고 실력 있는 사람들이 고여 있는데, 너에게 기회가 올까?" 그 말을 들었을 때는 발끈했지만, 아니나 다를까 이력서를 넣은 곳에서는 연락이 없었고, 곱씹을수록 '친구 말이 틀린 것 하나 없구나' 하고 인정할 수밖에 없었다.

　나의 의욕은 한 풀 꺾여서 그럼 이번에는 내 경력을 살릴 수 있는 일을 한번 찾아보기로 했다. 틈만 나면 취업사이트에 들어가 구인 공고가 떴는지 확인했다. 하지만 가뭄에 콩 나듯 아주

드물게 공고가 올라왔고, 그미지도 시원치 않은 곳이 대부분이었다. 그렇게 시도도 해보지 못하고 지쳐갈 때쯤 운명처럼 꽤 건실한 회사의 공고가 올라왔다. '아, 내가 갈 곳이 바로 이곳인가.' 어떤 계시처럼 느껴졌다. 열의를 다해 이력서와 자소서를 준비하고, 면접에 대비했다. 남몰래 김칫국도 벌컥벌컥 마셨다. '여기 출근하게 되면 회사까지 가는 교통편이 이러쿵저러쿵, 출근하기 전에 마지막 여행을 다녀와야 하는 것은 아닌가 어쩌고저쩌고'

면접 당일. '우물 안 개구리라는 것이 다름 아닌 날 두고 하는 말이구나' 하고 무릎을 탁 쳤다. 그간 쌓아온 내 경력이 어디 내놓아도 부족하진 않으리라는 자신이 있었다. 그런데 나만 한 경력을 가진 사람은 흔했고, 나보다 어리고, 화려한 경력을 가진 사람은 더 많았다. 친구의 표현을 조금 빌리자면 고인 물이 모이고 모이다 못해 바다를 이루고 있었다고나 할까. 나같이 세상 무서운 줄 모르는 개구리가 만만하게 볼 만큼 현실은 결코 녹록지 않았다.

결국 시간이 갈수록, 결정적으로 돈이 떨어져 갈수록 나는 자꾸 뒤를 돌아보게 되었다. '다시 돌아갈까? 지금이라면 내 자리가 있을 텐데.' 냉정한 현실에 얻어맞는 사이, 일했을 때의 고생은 견딜만한 것으로 둔갑되어 있었고, 심지어 즐거웠던 추억으로까지 미화되어 있었다. 하루에도 몇 번씩 마음이 엎치락뒤

치락 했다. '다시 돌아가자. 달리 내가 할 수 있는 것도 없고.' '아니야. 다시 그 생활을 견딜 자신이 없어.' '그렇지만 좋은 점도 있잖아. 경력도 인정받을 수 있고, 그만큼 돈도 더 벌 수 있고.' '아니야. 분명 이렇게 글을 쓰고, 그림을 그릴 시간 따위는 없을걸. 또 건강을 해칠 수도 있다고. 길게 보자 길게…' 그러면서도 이렇게 마음을 다독였다. 돌아가도 부끄러운 게 아니고, 돌아가지 않아도 도망치는 건 아니라고. 무슨 선택을 하든 비난할 이유는 단 하나도 없다고.

때마침 연락이 한 통 왔다. 다시 같이 일할 생각이 없냐는 전 직장 상사의 메시지였다. 나는 한참 동안 답장을 하지 못한 채, 안절부절못했다. 내가 그 일을 다시 했을 때의 모습과 하지 않았을 때의 모습을 차례대로 머릿속에 그려보기도 하고, 당장 내 수중에 있는 돈을 떠올려 보기도 했다. 또 일을 한다면 한 달에 얼마를 저축할 수 있을지, 일을 하지 않는다면 몇 달이나 버틸 수 있을지 바삐 계산기를 두드려 보기도 했다. 그러나 수신 확인을 뜻하는 1은 지워진 지 오래인데, 계속 대답을 미룰 수는 없는 노릇이었다. 답답한 고민의 끝을 내야 할 때가 왔다.

'토독 토독' 손가락을 움직여 답장을 보냈다.

— 저 그 일은 이제 안 하려고요.

저질렀다. 저지르고 말았다. 1년을 질질 끌어온 질문에 반점이 아닌 온점으로 종지부를 찍었다. 후련하면서도 슬펐다. 나의 20대를 내던졌던 그 일과는 정말로 끝이구나. 그날 밤은 쉽사리 잠이 오지 않았다. 혹여 내가 기회를 놓친 것은 아닌지, 이제는 어디로 나아가야 할지 이런저런 상념이 일렁였다. 헛헛한 마음에 자리에서 일어나 무심코 20대의 내가 쓴 일기장을 꺼내어 읽어보았다.

– 2016년 어느 날의 일기.

'이 일을 시작한 지 4년째에 접어들었지만 지금 하고 있는 일은 내가 하고 싶은 일이 아닌 것 같다. 요즘은 전혀 행복하지가 않다.'

'잠도 못 자고, 보람도 없는 이 일을 왜 하는지 자꾸 되물으며 온 힘을 다해 버티고 있다. 내 삶은 어디로 가버린 걸까. 엄마가 너무 보고 싶다.'

'의미 없는 하루가 가고, 또 가고, 또 가고, 어디로 가는가…'

'마음에 까맣고, 더러운 것들만 가득 쌓여간다.'

'무엇을 하며 살아야 진정으로 행복할지 생각해야 한다.'

'정신없는 와중에도 여백을 찾아 숨 쉬자. 나를 포기하지 말자.'

어느새 일기장을 쥐고 있는 손에 힘이 들어가 있었다.

"그래. 그때도 지금도 나는. 나는!"

일기장을 다시 책장에 꽂아 두고, 자리로 돌아가 누웠다. 손을 가지런히 모아 숨을 고른 뒤 금방 잠에 들었다.

백수에게 가장 치명적인

'카페 병'에 걸렸다.

*카페 병 : 하루에 한 번 카페에 가야 하는 병
(집에선 집중이 안 되는 무시무시한 증상)

오늘은 목요일.

내일이면 금요일이고

두근!

곧 주말이다.

두근   두근

하지만

오랜만에 쇼핑을 간 날.

여름 이불 장만할 때가 됐어!

예쁜 이불을 발견했다.

사고 싶다 사고 싶어.

... 하지만 지금 이불로도 아직 버틸만하지...

연이어 예쁜 컵도 발견했다.

저 컵에 커피나
맥주를 따라마시면
진짜 행복할 거야.

아무렴~ 말해 뭐해.

... 하지만 없다고
못 마시는 건 아니지...

결국 1,500원짜리 펜 하나와

이건 꼭 필요하니까.

700원짜리 맥도날드 아이스크림콘을 사 먹었다.

할짝-

겁나 맛있네.

친구들이 쏘아올린 작은 말들이

시옷. 오래 쉬지 않았나?
모아둔 돈이 많나 봐~

나는 돈이 없어서
백수도 못 해~

부럽다~

높~이 올라가

피융-

피융-

폭죽이 되어 펑! 터졌다.

나의 고질병

자존감이 낮은 것은

나의 고질병인데

나 너무 찌질하잖아.

하...
집에 가고 싶다.

그게 유난히 심한 날이면

뒤적
)) 뒤적

남과 비교하지 말고
나에게 집중하자!

나는 나만의
매력이 있어!

같은 말도 딱히 소용이 없다.

됐고,
집에나 가자

그래서 그런 날에는

멍ㅡ

아이스크림을 질릴 때까지 퍼먹고

멍ㅡ

잠을 잔다.

커어 -

시소를 탔다.

중간에 오래 멈추는 법 없이,

계속 올라갔다~ 내려갔다~ 한다.

올라갈 때는

내려갈 때는

또 올라갈 때는

또 내려갈 때는

하지만 결국은 이 모든 게 다 재밌다.

역시 재밌다고~~!!

돌고 돌아 다시 제자리.

여러모로 쫓기고 있지만

마음을 진정시키고

일기를 써 내려가기 시작한다.

내가 꿈꾸는 삶은 어떤 모습인가.
내가 바라는 삶은 어디를 향하고 있는가.

내가 바라는 삶을 상상해본다.

개를 키우고 싶다.
(꼭! 두 마리! 이름도 정해놓았다.)

매일 산책을 하고 싶다.

일주일에 한 번 (이상) 외식을 하고,

치이익-

일 년에 두 번 (이상) 국내 여행을

두 번 (이상) 해외여행을 가고 싶다.

부모님께 용돈을 듬뿍 드리고 싶다.

오래도록 음악과 커피의 멋을 느끼고 싶다.

나이가 들어도 젊은 감성에 공감하고 싶다.

오... 최근에 나온
노래인가?

··· 좋다!

그리고 언제까지고 묵묵히 나의 길을 가고 싶다.

기록해뒀다가
그림으로 그려야지!

어느 날의 일기 6

오래전부터 누군가 나에게 꿈이 뭐냐고 물어보면, 나는 개 두 마리를 키우며 사는 것이라고 대답했다. 돌아오는 말은 늘 한결같았다. "그럼 돈 많이 벌어야겠다. 개를 두 마리나 키우려면 마당 딸린 큰 집이 있어야 하고, 병원비 같은 것도 만만치 않을 텐데." 그러면 나는 "아, 거기까진 생각 못 했네!"라고 대답하며 허허 웃었다.

하지만 사실은, 거기까지 생각했었다. 수도 없이. 나도 모르는 게 아니다. 알면서도 꿈꾸는 거다. 나는 정말로 개 두 마리를 키우며 살고 싶으니까.

심지어 나는 개 두 마리의 이름도 진작 정해 놓았다. 또 시도 때도 없이 반려견을 키우는 유튜버들의 영상을 보면서 '우리 개들은 이렇게 훈련시켜야지. 이렇게 사랑을 줘야지.' 계획도 다 세워 놓았다.

진짜로 내가 개를 키울 수 있는 날이 올지는 알 수 없다. 오더라도 언제 올지 까마득하다. 마당은 없더라도 우리 개들이 뛰어놀 수 있는 넓은 집이 있어야 하고, 또 아이들이 외롭지 않도록 오랜 시간 옆에 있어주어야 할 텐데 내가 그 정도의 자리를 잡을 수 있을까.

그러나 자신은 없어도 일단 꿈꾸는 거다. 나는 진심으로 개 두 마리와 함께 살고 싶으니까.

또 몇 년 전부터 누군가 나에게 하고 싶은 게 뭐냐고 물어보면, 나는 조심스럽게 글을 쓰고 싶다고 얘기했다. 돌아오는 말은 늘 비슷했다. "글? 네가? 갑자기?" "뭐 써놓은 거라도 있어? 글 아무나 쓰는 거 아닌데?" 그러면 나는 "그냥 생각만 해보는 거지 뭐~"라고 말하며 웃어넘겼다.

하지만 실은, 가볍게 생각만 한 건 아니었다. 나도 안다. 내가 뜬금없이 글이라니, 허무맹랑하다는 것을. 알면서도 바라는 거다. 나는 진지하게 글을 쓰고 싶으니까.

바쁜 와중에도 꼬박꼬박 일기를 썼다. 또 틈틈이 '어떤 소재로 글을 쓰면 좋을까?' 고민하고, 떠오르는 아이디어를 기록해놓기도 했다. 가끔은 짤막한 글을 써보기도 하고 말이다.

진짜로 내가 제대로 된 글을 쓸 수 있을까? 글을 쓰면서 먹고 살 수 있을까? 잘 모르겠다. 솔직히는 안될 것 같다. 당장에 생계를 위해서 취업을 해야 하고, 애초에 좋은 글을 쓸 능력 같은 건 나에게 없으니까.

그러나 가능성이 없어도 일단 바라는 거다. 나는 정말로 글을 쓰며 살고 싶으니까.

언젠가부터 나는 일기의 끝에 '할 수 있다.'라고 쓰기 시작했다. '할 수 있다' 만큼 진부한 말이 없지만 아무리 생각해도 이만한 말이 없다. 무엇을? 얼마나? 어떻게 할 수 있다는 거지? 그건 나도 모른다. 그렇지만 맥락 없이 무작정 '할 수 있다.'라고 쓰는 거다.

언젠가 내 보금자리를 마련해서 개 두 마리와 함께 살 것이다.

할 수 있다.

그 집 한편에 있는 조그마한 작업실에서 글을 쓰고, 그림을 그릴 것이다.

할 수 있다.

그렇게 오래도록 좋아하는 일을 하면서 개 두 마리와 함께 늙어 가는 거다.

할 수 있다.

어떤 날은 할 수 없다고 확신하면서도 '할 수 있다'라고 쓴다. 또 어떤 날은 결국엔 안될 거라고 의심하면서도 모른 척 '할 수 있다'라고 쓴다. 그리고 나는 오늘도 일기의 마지막에 '할 수 있다'라고 쓴다.

정말로 내가 할 수 있을진 모르겠다. 그렇지만 일단 믿는 거
다. 나는 꼭 하고 싶으니까.

세월아 네월아 멍하니 하늘을 바라본다.

에필로그